최유라 시집

초원

국립중앙도서관 출판시도서목록(CIP)

초원 : 최유라 시집 / 지은이: 최유라. — 서울 : 한누리미디어, 2011
  p. ; cm

ISBN 978-89-7969-413-0 03810 : ₩10000

한국 현대시[韓國 現代詩]

811.7-KDC5
895.715-DDC21   CIP2011005281

최유라 시집

초원

한누리미디어

현대의 풍요로움은 우리 의식을 경화시키고 물화시키고 소외시키며 늘 결핍의 그늘을 낳았습니다.

그 결핍의 그늘을 벗어나 보려고 노력해 보았지만 더 깊은 그늘이 생겨났습니다. 나는 삼십대에 한 번 오십대에 또 한 번 죽을 고비를 넘겼습니다.

그 때마다 내 삶의 뜨거운 불 앞에서 詩가 내 손을 잡아 주었고 나침반처럼 날 이끌어 주었습니다. 그런데 내가 미력해서 첫 시집을 낸 후 십 년 동안 詩들에게 햇볕도 보여주지 않았고 정성을 다해 돌보지도 못했습니다. 오랫동안 끌어안고 있던 그림자 이제야 떠나보냅니다. 살뜰하게 돌보지 못한 내 詩들에게 미안하고 부끄럽습니다. 별들이 모든 사람의 것이듯 이 詩들도 이젠 나의 것이 아닙니다. 한 편의 詩라도 누군가에게 동무가 되어준다면 그 이상 바랄 것이 없겠습니다.

부족한 작품, 해설을 써 주신 홍윤기 교수님께 진심으로 감사드립니다. 그리고 내가 마음 놓고 내 길을 갈 수 있도록 각자의 삶을 야무지게 꾸려가며 내 양 날개가 되어 준 우리 가족 모두에게 진심으로 감사하다는 말 전하고 싶습니다.

2011년 늦가을 **최 유 라**

2부 _ 꿈

차례

3부 _ 산다는 것은

4부 _ 가을 들판에 서서

차례

5부 _ 그대는 아는가

1부
초원

초원

해가 서산으로 기울 무렵
황사 바람만 빈 곳간을 채우는
도심을 떠나
초원으로 나가 보았다.

새싹이 눈뜰 수 있도록
빗장을 열어주는 흙

푸른 생명들
그 리듬을 타고 환호하는 소리

나무와 풀잎은 대지와 한 몸이 되어
푸르름을 사방에 풀어 놓았는데

환하게 핀 찔레꽃 한 무리
꽃등불로 서서
홀로 걷는 황야를 비춰 주는데

어디선가 잘려 나온
질경이 한 토막
초원의 옷깃 부여잡고
어기영차 일어서고 있었다.

싹둑, 잘려 나온 목숨까지 일으켜 세워
더불어 푸르러 가는 초원
나에게도 손을 내민다.
함께 가자고.

그리운 그때 그 시절

기적 소리와 함께
기차의 허연 연기가
하늘 위로 날아오르면

고향집
어머니 목소리가 아련하게 들려 왔다.

두레박 넣어
물 긷는 소리가

가마솥 가득
모락모락 피어오르는 쌀밥 냄새가

내 가슴에 들어와 사는
향수 사이로
청산의 운무처럼 넘나들었다.

마법의 단추가 없으므로

마법의 단추를 눌러
꿈과 행복을 고를 수 있다면
정녕 그럴 수 있다면
오뚝이는
넘어지는 순간 일어서는 탄성을 배울까

두려워 할 사이도 없이
넘어지는 순간
아픈 몸 부르르 떨면 일어서는
탄성을 익힐까

그대는 아는지 모르겠다.

마법의 단추가 없으므로
가장 가혹한 고통의 밤도
운명에 묶이지 않고
일어서려고
가슴 속 우수마저 지워 버리고
넘어지는 순간 일어서는
오뚝이의 고독을.

구절양장

내 목숨 어디쯤에
어떤 꽃이 피고 있는지
어떤 꽃이 지고 있는지

내 목숨 어디쯤에
어느 강줄기 막혀 있는지
어느 둑이 새고 있는지 알아내기 위해
엑스레이를 찍는다.

캄캄한 동굴 속 홀로 누워
구절양장 오장육부 구석구석까지
은밀한 속삭임 귀 기울인다.

여기서 길을 잃으면
바다 너머 피안인데
어디서 길을 찾아야 하나

굽이굽이

구절초 꽃은 환히 길을 밝혀 놓았는데
구절초의 속삭임
가만히 무릎 꿇고 귀 기울여야 하나

내 마음 안자락 출렁 물결치더니
어깨동무하고 몰려다니는 사념들
굽이굽이 구절양장이다.

어머니 · 1

꽃잎 떨어지는 저물녘에도
당신의 생명의 꽃
좋은 열매로 남기겠다고
마지막 날숨까지
우리 목숨 안에 담아주신
어머니.

날마다
당신의 생명을 따다가
우리들의 욕망의 들녘으로 나르면서도
당신이 얼마나 아프게 부서지는지
당신의 남아 있는 시간 얼마일까
생각지도 않으시고

심장 깊숙한 곳에서 길어 올린 눈물로
진주를 만드시다
꽃잎 지듯 가신
어머니.

어머니 · 2

내가 들어서는 아니 될 말은
나 등 뒤에서 두 손으로
귀를 살짝 가려 주시던
어머니

내 슬픔 눈부시게 빛날 땐
내 눈이 상할까 봐
눈을 살짝 가려 주시던
어머니

니 목숨 옷섶에 노을이 걸린 지금까지
어머니가 놓으신 징검다리를 밟고
세상을 건너가고 있습니다.

이승의 포승을 풀고 떠나신 지 오래인데도
내가 되돌릴 수 없는 날을 향해 서 있으면
내 혈맥 속에 지금도 살아계셔
내 안에 등불을 켜 주시는
어머니.

어머니 · 3

어머니
그 이름은
허물을 덮고
절망을 덮고
외로움을 덮어 주는
거대한 산맥입니다.

어머니
그 이름은
흘러도
흘러도
캄캄한 밤뿐일 때
밤바다에 서 있는
등대입니다.

꽃가지에 그늘이 지면
시든 핏줄에 매달린
한 방울의 눈물마저 헌납하면서

기도의 향불 사르시는
어머니
그 이름은
영원한 승리의 깃발입니다.

행복을 가꾼 사람

지도에도 나와 있지 않는 황무지에
단 한 사람의 외로운 양치기가
생이 다 하는 날까지
풀씨를 뿌리며
한 그루
한 그루 나무를 심었다네.

신음하는 지구를 구하기 위해
아무런 보상도 바라지 않은
단 한 사람 외로운 양치기가
프로방스의 황무지를
거대한 숲으로 바뀌어 놓았다네.

온갖 생명들 죽어가는
병든 문명 바라보면서
홀로
온 생을 바쳐
행복을 가꾼

지구상의 단 한 사람
나무를 심은 엘제아르 부피에.

코스모스

너를 만나러 간 날도
비바람 휘몰아치던 날이었다.
비바람 칠 때마다
쓰러지지 않으려고
아슬아슬하게 파도타기를 하면서도
환한 얼굴 반짝이며
너울너울 춤을 추고 있었다.
고통의 절정에서
춤을 출 수 있다는 것
한 오백년 울어 본 사람만이 할 수 있는 짓,
너는 이미 알고 있었던 거야
고통과 환희는 한통속이라는 것
세상이 아무리 어둡고 험난해도
밤하늘 별처럼
환하게 반짝이며 살아야
생이 환해진다는 것을.

민들레 홀씨

바람이 불어 올 때마다
눈 감고
두한허공
타고 내리던 맨몸에

너 어머니처럼
눈 뜨고 날기 위해
솜털보다 가벼운 날개를 달아요.

차디찬 콘크리트 사이에서
맨몸으로 눕고
맨몸으로 일어서며
꽃을 피워 낸
어머니처럼

스스로 날기 위해.
스스로 날개를 달아요.

별에게

별아
소리쳐 부르지 않아도
스스로 찾아왔다가
스스로 사라지는
운명 같은 별아

밤마다
그리움의 덧문을 열어 주며
은밀한 내 꿈과 내통하게 하던 별아

동트는 아침이 오면 냉정하게
세상 풍파 던져 주고 사라지던 별아

예전엔
네가 반짝일 때마다
너는 나의 희망이었고
네가 사라질 때마다
너는 나의 절망이었으나

오. 별아
이젠
너의 반짝임도
너의 사라짐도
무언의 언어로 노래 부른다.

수술실에서

유채꽃 흐드러지면
제주에 간다더니

호랑나비
노랑나비 훨훨 날아드는
유채꽃 보러 간다더니

따스한 봄 햇살 등지고
이승과 저승의 문턱 베고
누워 있구나.

기고만장한 엄동설한도
가쁜 숨 몰아쉬던 일상도
바흐의 악보를 깔아 놓은 듯
나른한 무반주에 묻히는구나.

가야 할 길은 아직도 멀었는데
금발을 흔들며 사라져 가는 저 태양

내 안의 혹성
심판의 불칼로 도려내고
그 자리에 지등처럼 순한
달빛 하나 켜 두려 하심인가.

가을

수리산보다
더 높은 욕망을 버리고
탐욕의 악보에
쉼표를 찍는
가을

슬픔의 깊이와
자비의 깊이가
동시에 느껴지는
가을

미망迷妄의 구름 걷어내고
하늘에 홍시같이 작은 등 하나 걸어 놓고
조약돌 타고 흐르는 시냇물같이 흐르면
묵객의 심안에 잔상으로 남을
시 한 수
내 안에 고이려나.

2부

꿈

돛단배

시간의 갈피마다
숨겨둔 꿈이 있어

한곳으로
한곳으로 향하는
꿈이 있어

강물이 흐르는 곳에
갈잎 돛단배를
띄웠습니다.

꿈 쪽으로 부는 바람 있으리라 믿으며
꿈길로 가는 길 있으리라 믿으며
어둠의 나라
운명의 바위를 제키고
갈잎 돛단배를 띄웠습니다.

꿈 하나 품고 있으면

바람이 불어
희망의 불빛들 모두 꺼지고
삶의 언저리 아프게 시려 오면
가슴에 꿈 하나 품어 보세요.

허방 천지 끝없는 밤길에서도
꿈 하나 품고 있으면
캄캄한 밤하늘에 별들이 돋아나고

민들레 한 송이 길가에 피어나도
푸른 기쁨으로 흔들리고
경이로움으로 반짝이나니

솜털도 못 벗은 풋꿈이라도
가슴에 꿈 하나 품어 보세요.

혼돈의 바람은 문 밖에 세워 두고

내게도 행복한 시절이 있었는데
너무나 행복해
나쁜 운명이 달려들까 봐
살금살금 조심조심 고양이 걸음으로 걸었는데
귀 밝은 나쁜 운명이
나의 행복을
그냥 두지 않았네.
끝없이 이어지던 운명의 행진곡
혼돈의 연속이었네.
그러던 어느 날
좋은 운명도
나쁜 운명도
낮과 밤처럼
깨어날 때 깨어나고
잠들 때 잠든다는 것을 알고
혼돈의 바람은 문 밖에 세워 두고
나 일어나 가네.

푸른 별 하나
어둠을 뚫고 나오는 그 곳까지
가려 하네.

하나의 별빛도 한 잎의 꽃잎도

수천 수만의 기상나팔 불어서라도
깊이 잠든 꿈 깨워 보려거든
오감을 열고
캄캄한 가슴 속
그 어디쯤에서
꿈길로 가는 길 잃어버렸는지
마음의 지도 펼쳐 놓고 찾아보아라.

세상 속 저 멀리 있는
저 곳이
무지개가 다녀간 꿈길이라고
세상 사람들 침이 마르도록 자랑하기에
지도에 줄 그으며 찾아갔지만
뜨거운 모래바람만 흩날리는
막막한 사막이었다.

하나의 별빛도
한 잎의 꽃잎도

제 안의 험준한 준령
그 속살에서 피어나는 것을.

밤에는 젖고 낮에는 흔들리면서

민들레 홀씨처럼
바람에 몸을 맡긴 채
이끄는 힘이 무엇인지도 모른 채
가없는 곳에서 가없는 곳으로 떠돌다
하루가 저물고

몇 컷의 푸른 기억과
하늘에 닿지 못하고
빈 가슴으로 내리는 그리움

천리 길 정수리를 가늠해 보아도
사방이 내 것이 아닌 자리
입김만 서리같이 식어가는 밤

입던 옷 벗어 버리고
무념의 옷으로 갈아입으면
창백한 고목에서 눈 같은 벚꽃 피어나듯
푸르고 생생한 기적 돌아올까.

밤에는 젖고
낮에는 흔들리면서 피어나는 민들레처럼

새로운 태양

아이들이 날마다
내 심장에
플러그를 꽂아 줍니다.
은방울꽃
초롱꽃 같은 아이들이
아카시아 꽃잎처럼 깔깔거리며
미지로 열린 길들을
어서 찾아 가자고
어서 찾아 달라고
내 심장에
불을 지펴 줍니다.
은방울꽃
초롱꽃 같은 아이들이
들려주는 소리는
삼천리 만 가람에
새로운 태양으로 떠오르는 소리
그 소리입니다.

함박눈이 내리면

눈이 내리면
함박눈이 내리면
허공에서 맴돌던 유년 추억
내 고향 만경들판 돌고 돌아
내게로 온다.

치렁치렁한 애조의 가락에 치어
꿈이 깊어도 돌아오지 않던
눈물같이 여리고 여린
내 순정

눈이 내리면
함박눈이 내리면
순금의 등불 켜 들고
내게로 온다.

꿈

사람은 누구나
삶이란 앵글 속에
잡아두고 싶은
꿈이 있다.

그리고
그 꿈을 펼칠 수 있는
내일이 올 것이라 믿으며
살아간다.

때로는
멀리 떨어진 외딴섬에서
부서지며 굽이치는 저문 강가에서
눈보라 휘몰아치는 산맥에서
눈물로
허공을 채우기도 하지만

언젠가
꽃피우고 싶은 꿈이 있어
오늘을 살아간다.

기쁨의 나무

꽃 피고 잎 피는 오월

화사한 꽃과 함께

연푸른 잎과 함께

우리 곁으로 달려와 준

어여쁜 아가 채린아

너는 행복의 문을 여는 비밀번호로구나.

너로 인해

더 많은 별들이 보이고

여명이 오는 소리

아침을 여는 소리가 들린다.

희망이 깨어나는 소리가 들린다.

나날이 눈부시게 자라는

어여쁜 아가 채린아

너는 한 그루 기쁨의 나무이어라.

겨울나무

맨얼굴
맨몸으로
눈보라 휘몰아치는 벌판에 서 있는
겨울나무

하얀 뼈 같은 눈물 뚝뚝 흘리면서도
꿈을 꾸고 있다네.

칼바람 불어와 흔들 때마다
얼지 않으려고
쓰러지지 않으려고
물관으로 수액을
오르락내리락 이동시키며
앙상한 가지마다
희망의 씨눈 나누어 주고 있다네.

포솔리 수용소에서 살아남은 사람들처럼
저음으로

저음으로 노래 부르며
뜨겁게 피를 덥히며
어둠의 빗장 모조리 풀어 버리는
꿈을 꾸고 있다네.

세상에서 가장 아름다운 혁명
새로운 꽃을 피우기 위하여.

길

하얀 침묵의 껍질 한 꺼풀씩 벗기며
가 보는 거야

혼돈과 불안이
안개처럼 피어올라도
두려움의 커튼을 젖히고 나가 보는 거야.

비 내리지 않아도
흘러가는 강물처럼
그리운 노래 날 부르지 않아도
길을 찾아
흘러가 보는 거야.

꿈의 바코드
허망한 세월 속에 묻으며
꺼이꺼이 흐느껴 울지 않으려면
온갖 두려움 접어 두고
떠나 보는 거야.

일어나 날아 보자

일어나 날아 보자
그물에 걸리지 않는 바람같이.

공중에 나는 독수리도
상처 없는 독수리는
세상에 태어나자마자 죽어 버린
독수리뿐이라는데

지뢰밭 같은 세상
어찌 상처 받지 않고 살아가길 바라는가?

상처 받고 있다는 것
아직도 살아 있다는 증거

두려워하지 말고
일어나 날아 보자

한 번도 상처 받지 않은 것처럼.

강물

가기로 작정하면
어딘들 못 가랴

설움과 고통의 땅
훨훨 지나서

물 고이면
꽃 피우는
뿌리 깊은 들판까지
가 보는 거야

두 팔로 막아서면
외로운 악사의
피리소리가 되어서라도

물 고이면
꽃 피우는
뿌리 깊은 들판까지
가 보는 거야.

3^부
산다는 것은

그리운 얼굴

하루를 마감하는 밤하늘엔
그리운 얼굴들이
별처럼 아름답게 떠 있습니다.

그들 영혼이
강물처럼 흘러 들어와
내 가슴을 적시기도 하고
내 안에서 잠들기도 합니다.

그들을
가슴에 품고 있으면
거센 바람이 무섭게 흔들어도
내일을 예비하는 순결한 시간과
손을 잡게 됩니다.

산다는 것은

산다는 것은
끝없이 밀려 오는 아픔을
끝없이
끝없이 갈무리하면서
끝없이
끝없이 새로운 희망을 꿈꾸는 것.

눈보라 휘몰아치는
겨울밤에도
북두칠성 앵돌아져도
꽃피고 녹음 우거진
봄날을 그리면서
쓰르라미 잔가락을 그리면서
그독과 추위를 이겨내는 것

퍼붓는 눈발이
싱싱한 꽃잎으로 되살아나길 바라면서.

피할 수 없는 고통이라면

피할 수 없는 고통이라면
그 고통을
즐기라는 말이 있습니다.

그 말은
지금 나에게 닥친 고통
생략하려고 애쓰지 말고
온 가슴으로 받아
진실한 삶으로 생생하게 되살려 보라는 말입니다.

속속들이 옷을 벗고
겨울을 맞이하는 나무들처럼
강인하게 단련시켜
생을 단단하게 만들어 보라는 말입니다.

꽃을 피우기 위해서는
빛뿐만 아니라
어둠도

가슴에 쩍쩍 금이 가는 아픔도 필요하니까
슬픔도
고통도 소중하게 보듬어 보라는 말입니다.

어머님께 띄우는 편지

어머니
어머니 응석받이 막둥이가
어머님이 그리운지
길 떠날 차비를 하네요.
우리 눈물로 헤어져
머나먼 어머니 나라 가거들랑
이승의 무거운 짐 벗겨 주시고
하루가 천년 같고
천년이 하루 같은
달덩이같이 환한
행복의 나라 안겨 주세요.
아득한 시간 너머
어머니 목소리 들려오면
우리의 미망迷妄 눈 뜨게 하던
어머니 목소리 들려오면
양 날개 깃털 달고 날아가
저 푸른 하늘
찬란한 별이 될 것입니다.

세상이 아름다운 것은

일출이 아름다운 것은
일몰이 아름다운 것은
밤하늘 별들이 아름다운 것은

세상을 바라보는 눈이
서상을 향한 마음이
아름답기 때문입니다.

산골짝
골골마다
이름 모를 꽃들이 피어나
온 산을 아름답게 물들여 놓듯,

마음 속
골골마다
이름 모를 사랑이 피어나
온 마음을 아름답게 물들여 놓기 때문입니다.

희망

세상은
온통 살얼음판인데
아이들은
날마다
눈부시게 찬란한 태양
가슴 가득 안고 온다.

가슴
가슴마다
아롱다롱
만 가지 꿈 매달고 와
꿈의 이름 부르면
알레그레멘터로
화답한다.

삶의 바코드

존재의 깊은 뚝
삶의 바코드
오늘도
희망 쪽으로 눕힙니다.

폭풍이 휘몰아칠 때마다
삶의 바코드를
절망 쪽으로 눕히지 아니 하고
희망 쪽으로 눕히는 것은

희망은
온몸에 멍이 들어도
가슴 속엔 햇살이 들도록
하늘 향한 창 하나 내어주니까요.

선유도에서

바다는 산을 안고
산은 바다를 품고 있는
선유도.

쪽빛 바다에
황홀한 노을이 지고나면
또랑또랑 영근 별들이 돋아나는데

우주는
비움과 채움으로 순환하면서
경이로움으로 가득 차 있는데

가슴 가득 차오르는
아름다운 울림
한 편의 서정시로 피어나는데
예전엔 왜 몰랐을까

연체 껍질을 쓰고 살아가는 달팽이처럼

삶의 굴레 벗지 못해
하늘도
땅도 제대로 보지 못하였던가.

연리지(사랑의 나무)

때론 당신이
나의 나무가 되어 주었고

때론 내가
당신의 나무가 되어 주었습니다.

당신이 나무일 땐
나는
당신의 나뭇잎이 되어 주었고
당신의 꽃이 되어 주었고
당신의 열매가 되어 주었습니다.

내가 나무일 땐
당신은
나의 나뭇잎이 되어 주었고
나의 꽃이 되어 주었고
나의 열매가 되어 주었습니다.

당신과 나
하나의 혈맥으로 이어져
마음 문 닫지 못하고
마음의 길 끊지 못해
조별할 수 없는 사랑입니다.

봄이 오면

친구야
봄이 오면
그 옛날 너와 나 함께 불렀던
사랑의 노래
새봄의 음악으로 흐르게 하자.

속으로 불러도 화답하던
친구야
무엇이든지 더 많이 차지해 보려고
목숨까지 흔들어 놓는
무섭고 당찬 탐욕의 수레바퀴들
신화의 길목으로 던져 버리고
어두운 음절 사이사이마다
사랑의 폭포수가 흐르게 하자.

친구야
봄이 오면
새 봄이 오면

기울어진 하늘
잿빛 구름
외로움만 펄펄 살아있는 우리의 악보
이마를 맞대고 손질하여
청정한 바람으로 흐르게 하자.

민들레 홀씨 되어 날아가도록

슬픔을 등에 지고 가지 마라
아픔을 가슴에 안고 가지 마라

슬픔과 아픔을 지니고 산다는 것은
봄이 와도 잎 피지 않는 나뭇가지처럼
어둠으로 응고된 암담한 시간과 마주하는 것

봉인된 내일의 비밀
희망의 씨앗까지도
블랙홀 속으로 몰아넣는 것

신이 때때로 슬픔을 주는 것은
서늘하게 자신을 살펴
생을 진실하게 되살려 보라는 뜻이지
슬픔을 담아 두는 그릇이 되라는 말이 아니다.

놓아주어라.
슬픔도 아픔도
민들레 홀씨 되어 날아가도록.

詩에게

가장 깊은 심연에서
아스라이 높은 정수리까지
푸르디푸른 불꽃 들고
밤이 깊도록 찾아 헤매도

도든 빛 제 속에 묻어 놓고
가슴 속 깊은 곳 숨어 살다가
청천 하늘 마른번개로 오는
너

숨 막히게 감미로운 향기 매료되어
하얀 네 생애 속에 뛰어들었다만
제 모습 뿌연 안개로 가리우고
오는 너

나는
밝 없는 북극 툰드라의 유목민처럼
하얀 밤과 싸우며
짭짤한 외로움만 낳고 있어라.
심연 같은 적막에 싸여.

농담처럼 미쳐 버려야

누군가 농담처럼 말했다.

사십대에 공부하겠다고 덤비는 사람은
첫 번째 미친 사람이고

오십대에 어떤 일을 도모하는 사람은
두 번째 미친 사람이며

육십에 외국어를 배우겠다고 덤비는 사람은
세 번째 미친 사람이라고.

그런데
미쳐 보지 않은 사람은 모른다.

전율의 순간이 오기까지
고독한 혈관 불꽃 되어 미치기까지
전신을 에워싸는 삭풍의 감촉
아프고 시리지만

일상의 안락을 버리고
미쳐 버려야
살아가는 기쁨
기적의 순간이 온다는 것을.

고독한 날엔

그대여
당신도
고독한 날엔
간간이 시간의 얼레 풀어 보시나요.

아른아른 아지랑이처럼 피어나는
지난날들 반추해 보시나요.

그대여
고독한 날엔
그대와 함께 눈물로 지샌 밤들도
향기가 된다는 것
아시나요.

그대와 함께
헤매며 살아온 날들도
아름다운 풍경이 된다는 것
아시나요.

$4_{부}$

가을들판에 서서

지금 바람은 외출 중

지금
바람은 외출 중이다

몰아내려 해도
물러서지 않던
바람의 핵

영성의 세계로 들어가는
기도시간

지금
바람은 외출 중이다.

들어 보세요

들어 보세요
피안에 이르기 위해
다비의 불길 속에
이승의 업 다 태워 버리고
육신도 다 태워 버리고
한줌 재가 되어
한줌 바람이 되어
깃털보다 더 가볍게 떠나가는
어느 고승의 말 없는 말을
겉귀는 접어 두고
속귀를 활짝 열고
들어 보세요.

고향집

내가 태어난 집

전북 김제군 진봉면 정당리 갈전 983번지

그 옛날 기억들은 마른 풀잎처럼

가물가물 시들어 가는데

고향집 향한 그리움 녹슬지 않고

싱싱한 구릿빛으로 남아

나도 모르게 한 발 두 발 고향집 향해 다가가더니

요즈음 꿈마다 고향을 향해 출항하는

뱃고동 소리가 들려

그 꿈 등에 업고 찾아갔습니다.

민들레 홀씨처럼 바람과 함께 날아든 새 주인

입 다문 석불처럼 가만히 앉아 있는데

내 발자국 지나는 자리마다

지난날들 조롱박처럼 조롱조롱 매달려

그리웠던 순간들 호명만 하면

금방이라도 뛰쳐 나올 것 같았습니다.

우리가 숨바꼭질하며 놀던 다락과 벽장 속에서,

앞뒤 문 활짝활짝 열어젖히고 팔남매 모여 앉아

사람냄새 모락모락 나는 이야기
가래떡처럼 뽑아내던
시원한 대청마루에서
어머님이 정갈하게 가꾸시던 꽃밭에서.
내 생의 가장 아름다운 서정으로 남아있는
그리움들이.

슬로시티 증도

일상의 닻을 내리고
여류들의 화사한 웃음과 함께
슬로시티 증도로 떠났네.

햇살 좋은 봄날 증도에 들어서니
짱뚱어 다리가 나오는데
짱뚱어, 농게, 칠게, 홍게
그 다리 밑에서
슬로 슬로 머드팩을 즐기고 있었네.

짱뚱어 다리를 건너가니
키 큰 야자수와 그 사이에 있는 몽골텐트
이국적인 풍경이 펼쳐지고
드넓은 백사장과 짚 파라솔
젖은 모래톱 위해 비스듬히 누워 있는 안락의자
바람조차 쉬어 가라 부르네.

자연이 빚어낸 하얀 소금 꽃밭

태겅 염전
희디흰 반짝임
정화수로 씻은 속살 같네.

꽃잎 하나 흘러가듯
중도의 혈맥 타고 오르내리던 하루
모든 어둠 다 걷어낸
맑은 종소리 긴 여운이었네.

가을들판에 서서

황금물결 출렁이는 가을들판
구름 한 점 없는 파란 하늘
한 폭의 수채화처럼 아름답습니다.

겨울의 긴 산맥을 돌아
꿈꾸는 들판으로 달려와
비바람 천둥번개도 얼싸 안고
절룩이던 그리움도 얼싸 안고
만삭의 햇살
들판 가득 넉넉히 풀어 놓더니

아름답도다.
들판 가득 가지런히 밝혀 놓은
수수만개의 금촛대들
생을 아름답게 마무리하는
만추의 불꽃

아름답도다.

바람이 스칠 때마다
황금물결 출렁이는
금빛 바다.

인생은 강물 같아서

인생은
머물 수 없는 강물 같아서
흘러가야만 한다.

인생의 모롱이에서
한 발자국만
단 한 발자국만
뒤돌아 갈 수 있다면
회오리바람이 없는 곳으로
피해 갈 수 있을 것 같은데

인생은
뒤돌아 갈 수 없는 강물 같아서
바람이 불면 바람과 더불어
안개를 만나면 안개에 젖어
흘러가야만 한다.

생의 지도 위에 어떤 무늬가

어떻게 그려질지
예측하지 못한 채.

오늘은

오늘은
이름 모를 들꽃이
내 가슴에 다문다문 피었습니다.

어제 밤 꿈이
들꽃을 피어나게 한 것인지

어제 본 들꽃이
꿈을 피어나게 한 것인지 알 수 없지만

오늘은
이름 모를 들꽃이
내 가슴에 다문다문 피었습니다.

사막보다 더 외로운 길

초원 ● 85

삭막한 허허벌판에도
길은 있었다.

물길을 빼앗겨 사막보다
더 외로운 땅
그 곳에도 길은 있었다.

지독하게 말라 버린 바람만이
정적을 지키는 땅
그 곳에서도
깨어나는 생명이 있었다.

서로가 서로를 그리워하는 것은

내가
당신을 그리워하는 것은
당신이
나를 그리워하는 것은
서로가 서로를 그리워하는 것은

우리는
각자 하나의 날개만을 가지고 있는
불완전한 새이기 때문입니다.

내가
당신을 그리워하는 것은
당신이
나를 그리워하는 것은
서로가 서로를 그리워하는 것은

당신의 한 쪽 날개와
내 한 쪽 날개가 서로 얼싸 안아야

온전한 새가 되어
창창한 하늘을 날을 수 있기 때문입니다.

인생이 무엇인지 몰랐을 때

심포항 가는 도중
반세기 전 내가 다녔던 진봉초등학교에 들렀네.
논둑길 간데없이 사라져
어느 길로 학교를 다녔는지 분간할 수 없었네.
교정을
한 바퀴 휘돌아 보아도
왁자지껄하던 학교 너무 고즈넉해
적막함과 쓸쓸함 감출 수 없었네.
망해사 전망대 올라
만경들 계화도
너른 들판 바라보니
그 옛날 수선화처럼 가녀린 소녀였을 때
수평선 너머 신비한 세상 있을 거라 믿었던
순진무구한 소녀였을 때
가슴에 은빛 날개 달고
파란 하늘
푸른 들 날아다녔을 때
설날 입는 때때옷처럼

내 가슴엔
알록달록 기쁨의 집만 지으며 살리라 꿈꾸었었네.
아득함
그 끝자락에서 대롱이며
혼자 힘으로 견뎌야 하는 것이
인생인 줄 몰랐을 때.
인생이 무엇인지 몰랐을 때.

진실 그 외로움을 사랑하는 것은

세상은 폭풍의 바다
진실의 연한 속살로는
폭풍의 바다
건널 수 없다고
어림 반푼어치도 없다고 조롱하지만

밤이 새도록 헛손질만 하고도
자꾸만 잠수해 버리는
진실을 잡아 보려고
바다 속 밑바닥까지 투망질을 합니다.

번번이
외로움의 덫에 걸려 몸부림치면서도
진실
그 외로움을 사랑하는 것은
진실만이 내 혼을 자유롭게 하기 때문입니다.

내게로 오는 모든 시간

내게로 오는
모든 시간
모두 다
소중한 시간입니다.

기쁨의 시간도
슬픔의 시간도
모두 다 의미 있는 시간입니다.

공들여 쌓았던 탑
와르르 무너져 내리던 날
고통의 레일을 타고
끝까지 내려가 본 몽돌들
적벽강 소용돌이에 자지러지게 울더니
이젠 무시로 오는 회오리
무섭게 으르렁거리는 파도
깊은 사유의 두레박으로 길어 올려
구겨진 물결 다림질하고 있더이다.

금산사 당간지주 앞에서

금산사
천년의 역사가 살아 숨쉬는 수행도량
이곳에 보물 28호 당간지주가 있네.
절에 법회나 행사가 있을 때
당이라는 깃발 달아 두는데
그 깃발 달아 두는 장대를 당간
장대를 양쪽에서 지탱해 주는
두 돌기둥을 당간지주라 하지요
8세기 후반부터 남북으로 마주 보고 서서
백제 유민들의 항거
아들에게 유폐된 견훤의 애환
현대사까지 모두 지켜보면서
천년의 도도한 역사와 함께 흘러 왔건만
놀라워라!
그 모습 크게 변하지 않았네.
천년의 풍파도 비켜서 가는
이곳이 최상의 안락한 세계
지족천知足天이던가

온갖 얽힘에서 벗어나
고독한 도량에 서서
나를 돌아보네.

마음 문

마음 문 열어 놓아라.
마음의 벽 쌓고 있음이
누군가에게 받은 상처 때문이라면
보라
봄꽃들을
매화
목련
마음 문 열어 놓고
엄동설한 건너왔기에
이른 봄 찬란하게 꽃피울 수 있었다.

가 보아라
금산사 연리지 가는 길 옆 언덕으로
갓난아기 손톱보다 작은
봄까치꽃
여리디 여린 것들이
춘설이 난분분한데
무량한 가슴 활짝 열어 놓았다.

5부

그대는 아는가

추억의 스크린

추억의 스크린
책장처럼 넘기며 오는
그대여

사랑했던 순간들
추억의 스크린 속에
모두 담아
책장처럼 넘기며 오는
그대여

산목련꽃 눈 시리게 피던 날
금당계곡 구르는 물소리
새소리
고운 무지개
달빛 별빛 내 가슴에 심어 놓고
빛바랜 사진 속에서 하얗게 웃고 있는
그대여

황홀한 규칙

산골짝 골골마다
붉은 물감 뿌려 놓고
단풍잎 떨구며 히죽대는
악동 같은 칼바람
미워하지 마라.

가을이 가고
겨울이 가고
봄날이 돌아오면

산골짝 골골마다
결 고운 바람으로
다시 찾아와
잎이 진 자리에
잎이 피어나게 하고
꽃이 진 자리에
꽃이 피어나게 하나니
이 황홀한 규칙
어김없이 지키나니.

그대는 아는가

그대는 아는가
가을 하늘이
왜 가끔씩 무너지면서
죽죽 우는지.

그대는 아는가.
가을 하늘이
왜 가끔씩 고독한 안개 속으로
아슴아슴 스며드는지.

그대는 아는가.
가을 하늘이
왜 단풍잎보다 더 붉은
선지피 같은 시를 쏟아 놓는지.

그대는 아는가.
정수리에 서리꽃 아른거리는
가을이 오면 단풍든 마음

삭정이 되어
저절로 툭툭툭 터지는
고백성사라는 것

목련꽃

그리운 내 가슴에
꽃으로
새 하얀 목련꽃으로
다시 피어났습니다.

사월 어느 날
내 눈을 적시며 사라져 간
목련꽃 같은
내 사랑

긴긴 겨울
간절한 그리움
달빛에 실어 보냈더니

그리운 내 가슴에
꽃으로
새 하얀 목련꽃으로
다시 피어났습니다.

오늘의 과제

마른 꽃 하나
접힌 마음 반듯하게 펴 주란다.

가슴을 활짝 열어젖히고
속눈썹 가득
꿈을 심어 주고 싶은데

뿌리 깊은 나무로
자라게 하고 싶은데

세상이 온통 그리움으로 타야
가슴이 촉촉해지는데

쓰디쓴 우울 한 컵 홀짝이며
견고한 가림 풀지 않는다.

그리스도

당신이 내 안에 계시는 날엔
죄와 상처를 버리고
샛노란 외로움을 버리고
눈 시린 사랑으로 살아납니다.

당신이 내 안에 계시는 날엔
해와 달이 없어도
별과 등불이 없어도
새 하늘과
새 땅이 열림같이

삼라만상 모두가
눈 시린 사랑으로 살아납니다.

희망에게

댓잎만 살랑여도
맨발로 뛰어나가
네가 오나 기다렸다.

밀물처럼 밀려오는 시련 속에서도
생의 끈 놓지 않고
뜨거운 기도로
온 가슴을 채우는 것은
나는
아직도
노래 부를 세상이 남아 있다는 것을
믿기 때문이다.

꿈을 풀기 시작한 들꽃처럼

내 안의 현이란 현
모두 열어
간절한 노래 하나 불러 띄우나니

봄날이여
그대도 메아리처럼 돌아와
춥고 어두운 골짝 불 밝혀 주소서.

등불 하나 들고
그대가 돌아오면
꿈을 풀기 시작하는 들꽃처럼

내 꿈
돌덩이같이 무거운 고독과
시린 바람 밀어내며
낯선 길 물어물어
돌아 올 것 같아오니
귀한 손 오실 것 같아오니.

그리우면 그리워하라

그리우면
그리워하라.

잊는다
잊는다 하면서도
잊지 못하고
어둠이 몰려 오면
가슴 안에 등불로 켜 놓는 이름
차라리
그리워하라.

설악산 단풍도 자지러지고
지리산 단풍도 자지러지다가
한 잎 낙엽 되어 흩날리더라.

노을

해질 무렵
노을을 보러 갔다.

하늘 위 목숨들은
한생을 어떻게 마감하는지
문득문득 궁금하여서

생의 끝자락에서 행해지는
태양의 향연 보고 싶었다.

동에서 서까지
멀고 먼 길
숨 한 번 할딱이지 않고 달려와
희망이 봉쇄된 바다 끝자락
제 생명 마지막 한 올까지
올올이 풀어
서릿발 치는 서녘 하늘에
복숭아꽃 살구꽃 아기 진달래

울긋불긋 꽃 대궐
노을로 풀어 놓고
영산홍 꽃보다 환하게 웃으며
땅 끝보다 더 낮은
바다 속으로 쏙 안겨서 가더이다.
천국을 향해 가듯이.

바다

넓고 넓은 바다처럼
너그러워지고 싶어
적벽강 기슭으로
기슭으로 달려갑니다.

모든 것을 품어 주고
모든 것을 내어 주는
아버지 같은 바다

한평생 다잡지 못한 마음까지
다잡아 주는
어머니 같은 바다

넓고 넓은 바다 위에
모두 버리고 싶을 때
적벽강 기슭으로
기슭으로 달려갑니다.

고된 삶의 끈 풀어 놓고
시퍼런 고뇌 부려 놓고
쓰라린 아픔까지 버리고 나면
굽은 마음 곱게 펴집니다.

그리운 유년의 풍경

내 유년의 덧문을 열면
조무래기 내 친구들
재잘거리는 소리 들리고

줄지어 핀 하얀 접시꽃 지고 나면
주머니 불룩하도록 꽃씨를 따 담던
내 동무들이 보이고

까까머리 오라비들
방죽머리 송사리 떼들과
한바탕 상모놀이하고 나면
해는 저물고

다섯 자매
모깃불 피워 놓고
멍석 위에 누워
그리움 사무쳐 우는 슬픔의 별
견우와 직녀 만날 수 있도록

밤마다 별 싸라기 일어 건져
징검다리 놓아 주었다.

서릿발 치는 벌판 펼쳐질 때마다
금수초목도 안아 기르던
어머니와 아버지
하얀 그리움
박꽃처럼 피어난다.

최명희님의 '혼불'에 붙여

당신은
광활한 생의 벌판에
우주를 가로지르는 혼불 밝혀 놓고
혼의 영토를 지키는 초병이 되었습니다.

현재 진행형의 아픔을 뒤로 하고
산정을 향해 바위를 밀어 올리는 시지프스처럼
불굴의 의지로
흘러간 역사의 시간들을 찾아
거슬러 올라갔지요.

아픔으로 아로새겨진 수다한 상처도
혼으로 일으켜 세울 수 있다는 것을
보여주기 위해
흘러간 역사의 시간들을 찾아
거슬러 올라갔지요.
깊은 밤
아무도 모르게
우주를 가로지르는 혼불 밝혀 놓기 위해.

국회에게

당신은
아직도 밤이로구나.
겨울밤이 아무리 길다 해도
덜컹덜컹 시간이 흐르고 나면
아침 해는 떠오르는데
권력의 코드 안에서 기생하는 당신은
동면하는 개구리처럼
아직도 밤이로구나.

오천 년 역사 속에서
어둠으로 가는 길
고두 다 더듬었으면
죽은 것과
썩은 것 모두 다 맛보았으면
이젠
아침 햇살을 향해
캉캉 돌아서야지
당신은
아직도 밤이로구나.

세상이 흔들리고 희망이 흔들리면

세상이 흔들리고
희망이 흔들리면
너는 나의 잔에
나는 너의 잔에
우리
서로의 잔에
사랑을 붓자.

암흑을 가르는 불꽃
한 벌판 깔아 놓고
축축한 외로움
슬픈 깃털을
뜨겁게
뜨겁게 달구어
스스로 차오르는 법을 익힐 때까지.

미물인 기러기도
대열을 지어 날아가다

기러기 한 마리가 총에 맞거나 병에 걸려
대열에서 낙오되면
다른 기러기들이
낙오된 기러기가
다시 날을 수 있을 때까지
모성처럼 보살펴 준다는데

세상이 흔들리고
희망이 흔들리면
너는 내 가슴에
나는 네 가슴에
우리
서로의 가슴에
사랑을 심자.

지성적 리리시즘의 인스피레이션과 신선한 순수미 구현

홍윤기

일본센슈대학 대학원 국문학과 문학박사
국제뇌교육종합대학원대학교 국학과 석좌교수(현)

최유라 시인의 시작품들을 상당히 오랜 동안 거듭 읽으며 나는 한 시인의 삶 속에 깊숙이 박혀 있는 리리시즘의 순수미와 진하게 맞닥뜨릴 수 있었다. 그것은 우선 그의 시인으로서의 타고난 천품이며 거기서 여과되어 생성되는 참신한 인스피레이션(靈感)의 큼직한 자국들, 즉 주지적인 시어 구사의 미감美感이 돋보이는 점들이다. 이를테면 종래의 서정시들의 결함인 센티멘탈한 감상성이 전혀 배제됨으로써 짙은 서정미와 더불어 감동적인 역편力篇들임을 보여주고 있다.

그러기에 앞으로 이 시집을 1년 쯤 더 두고 오래오래 모든 작품을 한 편 한 편씩, 나 나름대로 모두 종합 분석하고 연구하고 싶은 충동도 느꼈다. 필자가 지난 날, 일

본 센슈대학의 대학원 국문학과에서 일본의 20세기 대
표적 서정시인 '시마자키 도손'(島崎藤村, 1872~1943) 연
구에 심취하여 그의 모든 시를 종합하여 파헤쳐 논고論
考하여 보았듯이 말이다.

　나는 이번에 최유라의 시세계를 새롭게 접하면서 한
국시단에서 하나의 빛부신 금광 광맥이라도 발견한 그
런 충만감으로 넘치고 있다. 물론 어디까지나 냉철하게
그의 시편들과 광범하게 마주서서 말이다. 또한 독자들
에게 보다 친절하게 최유라 시세계와 접근하도록 하기
위하여 이번 시집에서 내가 선별한 시편들을 가지고 이
시작품들 중에서 각기 한국현대시로서의 새로운 형식
과 표현미의 특성을 가진 서로 다른 면면들을 뽑아 그
콘텐츠를 풀어보려고 한다. 여기 선택된 것 밖의 시작품
들에 가편이 여럿 들어있다는 것도 아울러 지적하여 두
련다. 물론 개중에는 시어구사에 대한 평자 나름의 별도
의 견해도 있다는 것을 아울러 밝혀 둔다. 우선 표제 시
〈초원〉을 먼저 감상해 보자.

　　해가 서산으로 기울 무렵
　　황사 바람만 빈 곳간을 채우는
　　도심을 떠나
　　초원으로 나가 보았다.

　　새싹이 눈뜰 수 있도록

빗장을 열어주는 흙

… (중략) …

싹둑, 잘려 나온 목숨까지 일으켜 세워
더불어 푸르러 가는 초원
나에게도 손을 내민다.
함께 가자고.

- 〈초원〉 중에서

　〈초원〉은 한 입으로 평하자면 유니크한 정념적 시세계 창출이다. 정념이라는 것은 단지 패토스(pathos) 즉 패션(passion)을 가리킨다. 프랑스 철학자 데카르트(1596~1650)는 정념을 이끌어주는 것이 놀라움을 비롯하여 사랑, 미움, 욕망, 기쁨, 슬픔 등을 들었다. 이 경우 그런 정념에 설명은 불필요하다는 것이다. 즉 "푸른 생명들/ 그 리듬을 타고 환호하는 소리// 나무와 풀잎은 대지와 한 몸이 되어/ 푸르름을 사방에 풀어 놓았는데// 환하게 핀 찔레꽃 한 무리/ 꽃등불로 서서/ 홀로 걷는 황야를 비춰 주는데// 어디선가 잘려 나온/ 질경이 한 토막/ 초원의 옷깃 부여잡고/ 어기영차 일어서고 있었다" 에서처럼 정념 속의 수동적 감정을 능동적 감정으로 전환시킬 수 있는 상상력이 있어야만 시가 성공한다고 본다. 놀라움을 비롯하여 사랑, 미움, 욕망, 기쁨, 슬픔 등이 단지 조건

반사가 아닌 자신의 의식 내면에서 스스로 움직이기 시
작하는 데서 현대시의 새로운 존재 감각은 뛰어난 시로
승화하게 되는 것이다.
　마지막으로 "싹둑, 잘려 나온 목숨까지도 일으켜 세
워/ 더불어 푸르러 가는 초원/ 나에게도 손을 내민다./
함께 가자고"(제7연)처럼 수사의 도치법을 동원하며 짙
은 서정을 바탕으로 지성이 융합된 표현 기교가 독특한
시창작성을 발휘하고 있다는 데 필자는 주목하련다. 최
유라의 대표작으로 손색 없다고 본다.
　이어서 〈가을〉을 감상해 보자.

　　수리산보다
　　더 높은 욕망을 버리고
　　탐욕의 악보에
　　쉼표를 찍는
　　가을

　　슬픔의 깊이와
　　자비의 깊이가
　　동시에 느껴지는
　　가을

　　미망迷妄의 구름 걷어내고
　　하늘에 홍시같이 작은 등 하나 걸어 놓고

조약돌 타고 흐르는 시냇물같이 흐르면

묵객의 심안에 잔상으로 남을

시 한 수

내 안에 고이려나.

– 〈가을〉 전문

〈가을〉 역시 최유라의 긍정적 삶에의 창조적 이미지 형성의 메타포가 돋보이는 가품佳品이다. "미망迷妄의 구름 걷어내고/ 하늘에 홍시같이 작은 등 하나 걸어 놓고/ 조약돌 타고 흐르는 시냇물같이 흐르면/ 묵객의 심안에 잔상으로 남을/ 시 한 수/ 내 안에 고이려나"(마지막 연)"는 참으로 새타이어(satire)의 존재의 맵시를 투철한 리리시즘으로 야무지게 형상화시킨 능수능란한 시작법이다. 즉 삶과 사랑에의 존재의 암호는 반드시 서정의 바탕 속에서 불꽃으로 피어나기 마련이다.

우리 인간들이 살아가며 얻어내는 시대적인 존재 감각, 그 시대에 제시된 존재의 암호성에 의하여 "수리산보다/ 더 높은 욕망을 버리고/ 탐욕의 악보에/ 쉼표를 찍는/ 가을"이라는 그 삶의 아픔과 진한 의미를 우리는 자연스럽게 포착하면 된다. 최유라에게 있어서 시는 그 주제의 설명이 아니고 또한 그 모티프의 해설도 아니다. 그 주제가 지니고 있는 존재 감각, 그 모티프가 갖는 시인의 암호성이야말로 오늘의 시대에 최유라가 창작하고 있는 시의 참다운 모습이다. 물론 이 시집의 큰 암호는 삶과 죽음과 사랑의 기억에서 무엇이 소중한지 스스로에게 묻고 있는 현실성이다.

거기서 독자들은 시집 《초원》으로서 군림하고 있는 최유라와 정답게 조우해 보는 게 좋을 것 같다.

> 너를 만나러 간 날도
> 비바람 휘몰아치던 날이었다.
> 비바람이 칠 때마다
> 쓰러지지 않으려고
> 아슬아슬하게 파도타기를 하면서도
> 환한 얼굴 반짝이며
> 너울너울 춤을 추고 있었다.
> 고통의 절정에서
> 춤을 출 수 있다는 것
> 한 오백년 울어 본 사람만이 할 수 있는 짓,
> 너는 이미 알고 있었던 거야
> 고통과 환희는 한통속이라는 것
> 세상이 아무리 어둡고 험난해도
> 밤하늘 별처럼
> 환하게 반짝이며 살아야
> 생이 환해진다는 것을.

– 〈코스모스〉 전문

"고통의 절정에서/ 춤을 출 수 있다는 것/ 한 오백년 울어 본 사람만이 할 수 있는 짓"이라는 유머러스한 새 타이어가 자못 독창적이다. 여기서 초인超人의 이상을 설파하며 "신은 죽었다"고 외친 독일 철학가 니체(1844 ~1900)를 떠올리지 않을 수 없기도 하다. 낡은 가치에 대하여 생의 긍정의 새로운 가치 창조를 역설했던 "짜라투스트라는 이렇게 말했다"라는 철학가 아닌 시인 니체로서의 '허무주의'와 '실존주의'의 근대적 철학의 뿌리가 돋아난 사실을 돌아보며 스스로를 돌아보는 지혜를 배운 것이 아닌가 여겨본다.

최유라는 잇대어 노래한다. "너는 이미 알고 있었던 거야/ 고통과 환희는 한통속이라는 것/ 세상이 아무리 어둡고 험난해도/ 밤하늘 별처럼/ 환하게 반짝이며 살아야/ 생이 환해진다는 것을" 읽으며 최유라의 시가 신선하며 메시지가 또렷한 데 감동하게 된다. 그 새롭다고 하는 것은 남달리 당당한 독창성을 갖고 있다는 뜻이다. 창작적으로 새롭다. 우리 시단을 돌아볼 때 어떤가. 이미 남들이 쓴 내용의 것을 다시 써 보았자 그것은 모방에 불과하다. 그것은 부끄러운 일이다. 아마추어 시인이라면 습작 삼아서 남의 시를 흉내낼 수 있을지도 모른다. 그러나 전업 시인이 남의 시를 모방한다는 것은 표절 행위이다. 그러기에 최유라의 참신한 시작법에 필자는 크게 찬동하는 것이다. 이어서 〈새로운 태양〉을 읽어보자.

아이들이 날마다
내 심장에
플러그를 꽂아 줍니다.
은방울꽃
초롱꽃 같은 아이들이
아카시아 꽃잎처럼 깔깔거리며
미지로 열린 길들을
어서 찾아 가자고
어서 찾아 달라고
내 심장에
불을 지펴 줍니다.
은방울꽃
초롱꽃 같은 아이들이
들려주는 소리는
삼천리 만 가람에
새로운 태양으로 떠오르는 소리
그 소리입니다.

– 〈새로운 태양〉 전문

지금은 21세기 초두다. 시가 새롭다는 것은 무엇인가. 지금까지 전혀 남이 쓰지 않은 콘텐츠를 가득 담고 있다는 것이며, 그것이 곧 살아 있는 시다. 20세기 중반이었던 1950년 벽두, 영국 런던의 「더 타임즈」 신문 문예판 부록 지면에 〈현대시에의 요망〉이라는 기다란 글이 발

표된 일이 있었다. 그 요지는 무엇이었던가. 그것은 "모름지기 현대시라면 현대적인 주제에 입각하여 현대의 방법으로 현대어를 사용하여 현대적 태도를 가지고 쓰여지는 현대시를 요망한다"는 골자였다.

그런데 그 당시로부터 61년이 마악 지나고 있는 오늘의 우리 한국 현대시를 바라볼 때, 1950년대 한국시 현주소로부터 과연 그런 주장에 부합되는 새로운 주제와 방법 등에 필적하는 새로운 작품은 과연 얼마나 되는가. 그런데 시인 최유라는 매일 접촉하고 있는 어린 제자들로부터 현대시의 새로운 가능성을 찾아내며 희열한다. "초롱꽃 같은 아이들이/ 들려주는 소리는/ 삼천리 만 가람에/ 새로운 태양으로 떠오르는 소리/ 그 소리입니다" 라고. 그렇다. 이번에는 화자가 시각과 청각의 공감각적 메시지로서 〈일어나 날아 보자〉고 외친다.

일어나 날아 보자
그물에 걸리지 않는 바람같이

공중에 나는 독수리도
상처 없는 독수리는
세상에 태어나자마자 죽어 버린
독수리뿐이라는데

지뢰밭 같은 세상

어찌 상처 받지 않고 살아가길 바라는가?

상처 받고 있다는 것
아직도 살아 있다는 증거

두려워하지 말고
일어나 날아 보자

한 번도 상처 받지 않은 것처럼.

– 〈일어나 날아 보자〉 전문

최유라의 메시지는 삶의 진실 추구에의 강력한 의지의 새타이어다. 즉 "공중에 나는 독수리도/ 상처 없는 득수리는/ 세상에 태어나자마자 죽어 버린/ 독수리뿐이라는데// 지뢰밭 같은 세상/ 어찌 상처 받지 않고 살아가길 바라는가?"라는 설의법을 동원하며 화자는 삶에의 절절한 정념을 의욕 넘치게 묘파했다. 이것은 인간의 삶의 양식에 대한 심도 있는 규명을 하는 독특한 시의 표현 수법이며 우리들 모든 독자를 압도하고 있다.

나는 최유라 시인이 우리 시단에다 새로운 서정시의 모범 답안으로서의 '노래'를 제시했다고 확신한다. 굳이 따지고 본다면 한국 시단에서 70년대 경부터 시를 '이야기'로 바꾼 것은 이른바 '참여시'라고 하는 '목적시'의 커다란 잘못이었다. 쉽게 설명하자면 '시의 도구

화道具化’였다. 정치적인 목적에 시가 선전 선동문으로
산문화散文化되고 구호화口號化 되었었다. 예컨대 ‘표어
標語’는 누구도 결코 ‘시’라고 일컬을 수 없다. 그럼에도
불구하고 아직도 오늘의 한국 시단에서 적지 않은 사람
들은 ‘이야기’의 나열을 마치 ‘시’로서 착각하고 있다.
그와 같은 잘못은 원천적으로 ‘입시入試’ 위주의 학교
교육 과정에서의 시문학詩文學의 교육이 결여되거나 잘
못 가르쳐진 데도 근본 원인이 있다고도 본다. 진솔하게
밝히자면 시는 ‘운문韻文’인 ‘버어스’(veres)이며 소설처
럼 ‘산문散文’ 즉 ‘프로스’(prose)가 아니라는 것을 최유
라는 〈일어나 날아 보자〉에서 뚜렷이 보여주고 있다.

　　가기로 작정하면
　　어딘들 못 가랴

　　설움과 고통의 땅
　　훨훨 지나서

　　물 고이면
　　꽃 피우는
　　뿌리 깊은 들판까지
　　가 보는 거야

　　두 팔로 막아서면

외로운 악사의
피리소리가 되어서라도

물 고이면
꽃 피우는
뿌리 깊은 들판까지
가 보는 거야.

– 〈강물〉 전문

우리가 함께 읽어 보았듯이 시 〈강물〉은 낭만적 서정의 음률 속에서 뜨거운 인간 심성의 연정적 존재감을 독자에게 실감시키는 두드러진 작품이다. 인간 최고의 존재감은 하늘과 땅 사이에서 타인인 서로가 사랑하며 살고 죽어간다는 것 같다. 여기서 필자에게 떠오른 것은 이 세상 지구인 최초의 고대 시작품이다. 지금부터 3천 수백년 전(BC 16~13C 경)에 '바빌로니아' 언어로 점토판에 새겨진 서사시 〈신들의 전쟁〉의 '제1서판'에는 "하늘이라고 이름 불러지는 것의 위에 없을 때/ 또한 땅이라 이름 불러지는 것의 아래에 없을 때"라고 새겨져 있다. 이것은 과연 무슨 소린가.

하늘도 땅도 없었던 아득한 원초原初의 세계에는 단지 남녀 한 쌍만이 세상을 지배했다는 뜻이다. 이런 인간계 최초의 시는 인간의 논리가 아닌 인간의 감각이라는 것을 제시하고 있다. 우리가 시에서 찾고 있는 것은 거기 쓰여진 것의 설명으로서의 미닝즈(의미)가 아니고 거기 쓰여져 있는 존재 감각의 이미지에 지나지 않는다. 쉽게 말하자면 〈강물〉은 화자가 시를 논리적 설명으로써 풀려 하지 않고, 이 시를 음미하면서 마음 속에 떠오르는 존재감만을 순수하게 수용하면 그것이 가장 성공적인 접근이라는 고차원의 세계를 강물에 잔뜩 섞고 있는 일이다. 시는 결코 산문적 논리가 아닌 감수성의 운문적 존재감 그 자체이기 때문이다. 〈강물〉은 최유라 시인의 또 하나의 성공작임에 틀림없다.

시가 그 시대의 존재 감각을 암시하며 상징하듯이, 끝내 시는 존재 감각의 역사라는 것을 최유라는 데카르트를 거듭 동원하여 실증한 가편이 〈강물〉이다. 생각함으로써 존재감을 확인시키려 한 것은 근대합리주의 개척의 철학자 데카르트였고, 시인은 여기서 그 프랑스 철학자에게 21세기 존재 감각의 빼어난 암호, 즉 시를 강물 속에 깊숙이 띄워 주고 있다. 시는 역사적으로 시대적인 발상의 차이가 있었다. 원시시대의 시가 다만 신비성의 상징이었고, 고대에 오면 여러 가지 발견의 기쁨이며 중세에는 인간의 감정이입의 새싹이 되었고, 다시 변천하여 근대에 와서는 인간성의 발견이었다. 그러나 더욱 발전하여 현대에 이르면 존재의 암호 발견이라고 본다. 여기서 시인은 데카르트를 만나 〈강물〉로써 현대시의 암호, 시세계의 우수성과 우리를 마주치게 하였다. 이어서 이번에는 〈어머니 · 2〉를 감상해 보자.

내가 들어서는 아니 될 말은
내 등 뒤에서 두 손으로
귀를 살짝 가려 주시던
어머니

내 슬픔 눈부시게 빛날 땐
내 눈이 상할까 봐
눈을 살짝 가려 주시던
어머니

내 목숨 옷섶에 노을이 걸린 지금까지
어머니가 놓으신 징검다리를 밟고
세상을 건너가고 있습니다.

이승의 포승을 풀고 떠나신 지 오래인데도
내가 되돌릴 수 없는 날을 향해 서 있으면
내 혈맥 속에 지금도 살아계셔
내 안에 등불을 켜 주시는
어머니.

- 〈어머니 · 2〉 전문

　한 편의 시를 세상에 내놓는다는 것은 자기 자신의 분
신을 생산하여 남들에게 보여주는 행위이다. 그 사람의
시는 바로 그 시인의 또 하나의 생명체이며 인격이다.

자기 자식을 세상에 탄생시켜 보여주는 것과 결코 진배
없다. 그와 같은 관점에서 시집《초원》의 독창성을 바탕
으로 새로운 제재 내지 새로운 소재의 특출한 작품들을
계속 살펴보았다. 이번 시집《초원》에는 명시가 여러 편
들어 있다. 명시는 소월이나 목월, 미당에게만 있다는
관념은 이제 뿌리뽑아 버리고, 오늘의 새로운 명시를 우
리가 함께 쓰면서 동시에 명시를 함께 분석해 보는 것도
좋을성싶다.

　필자는 최유라 시집《초원》을 통독하며 시〈어머니·
2〉의 모티프는 어디서 오는 것일까 살펴보았다. 문득 떠
오른 것이 프랑스 시인 폴 발레리(1871~1945)의 말이었
다. "시에서 첫 행은 신神이 써 주고 둘째 행부터는 시인
스스로가 쓴다"는 말이다. "내가 들어서는 아니 될 말"
은 곧 시인의 어머니가 써 주신 시의 첫 행이다. 이어서
최유라가 "내 등 뒤에서 두 손으로/ 귀를 살짝 가려 주
시던/ 어머니"라는 제2행부터 시인이 써내려 갔다. 천재
시인 발레리의 명언대로라면 "내가 들어서는 아니 될
말"은 신의 것이고, "내 등 뒤에서 두 손으로/ 귀를 살짝
가려 주시던/ 어머니"는 화자 최유라의 것이다. 신은 최
유라에게 '어머니'라는 커다란 인스피레이션을 안겨주
었고, 화자는 즉시 화답하며 그의 새로운 시세계를 구축
하게 되었다고 본다.

　최유라에게 있어서 '어머니'라는 존재는 자아의 내적
메카니즘을 구사하여 어머니와의 영감적 추상을 자유

롭게 조작하는 작업이며 이는 곧 시인의 궁극의 목표인 시적 필연성에 도달하는 것임을 제시하려는 현대시의 고도의 지성적 표현법이다. 따지고 볼 것도 없이 이런 시인은 하늘이 내리는 존재다. 인간 정신의 모든 사상事象을 고찰의 대상으로 삼아 서구 문화에다 최상의 표현을 부여했던 시인 폴 발레리처럼.

엄밀한 사유와 견고한 구성을 바탕으로 음악적이며 건축적 해조諧調를 이룬 시 〈어머니〉는 건축 구조적이며 주지적 발자취에서 폴 발레리의 경우처럼 이탈리아의 위대한 예술가 레오나르도 다 빈치(1452~1519)의 〈방법서설〉이 깔리는 것 같기도 하다. 즉 새로운 21세기 한국 현대시의 빛나는 방향이 뚜렷하게 드러나 있다. 또한 시구詩句마다 줄줄이 담겨 있는 이미지는 잘 다듬어진 시어의 세련된 건강미로 넘치고 있다.

이제 모든 독자들과 함께 앞으로 최유라 시인을 주시하며 그의 잇단 역작에로의 기대를 걸어둔다.

최유라 시집

초원

·

지은이 / 최유라
펴낸이 / 김재엽
펴낸곳 / **한누리미디어**
디자인 / 지선숙

·

121-840, 서울시 마포구 서교동 395-13 서원빌딩 2층
전화 / (02)379-4514, 379-4519
Fax / (02)379-4516
E-mail/hannury2003@hanmail.net

·

신고번호 / 제300-2006-61호
등록일 / 1993. 11. 4

·

초판발행일 / 2011년 12월 20일

·

ⓒ 2011 최유라 Printed in KOREA

·

값 10,000원

·

※잘못된 책은 바꿔드립니다.
※이 책은 전라북도 문예진흥기금 일부를 지원 받았습니다.

·

ISBN 978-89-7969-413-0   03810